句集

案《か》山《が》子《し》

杉山一陽
Sugiyama Ichiyo

コールサック社

目次

句集

案山子《かがし》

I

みかん山

まず海の日の出を受けるみかん山

初めてや娘と交わす年の酒

細君の屠蘇の赤みや今日限り

屋根の雪ずり落ちまいと融けにけり

日の光今朝の氷柱のしずくより

ふうわりと意志あるごとく牡丹雪

寝乱れた枕の上の春の猫

土筆狩スカイツリーも10cm

垣の脇もぐら堀り盛る春の土

石段に踏みどころなき落椿

丹沢にはるか陽を受く山桜

咲き満ちて散りはじむるや一、二片

幼な子が蝶に手を出す乳母車

行く春を知らぬ褥や夜明けまで

今風が柳を別けて吹きぬけり

苺喰う一語一語を独語して

病窓に花生け替る立夏かな

ミャーコが顔を洗って梅雨の入り

梅雨の日をお尻ふりふり荒川線

バス下りて次々にさす日傘かな

濡れ足に岩が灸する夏河原

鉄の香の夏草分けて貨車止まる

外昼寝《そとひるね》思い出せない見てた夢

アマゾンで金魚を買ってみたりして

蟻からは煉瓦もビルの眺めかな

逆上がりモゥ一度見えて雲の峰

交叉点渡り糺《ただす》の蟬時雨

昼餉時建築現場の油蟬

貼紙に火気厳禁の氷室かな

灯《ほ》のゆれてまはり燈籠止まりけり

盆踊り炭坑節に昭和の日

八月の片蔭づたい遠まわり

高層階月出る筑波日入る富士

赤子寝て灯り落とせば天の川

カーナビに遍路の道を教えられ

地蔵さまあしたもここで月見らし

秋今日もだれのしめりもない褥

電車中べったら市の帰りかな

どんぐりを数えて帰る散歩道

冬の雨ビニール傘も硬くなり

病み銀杏黄色せぬまま落ちにけり

涸滝《かれだき》を煙でいぶすバーベキュー

虚実混ぜ口角泡の囲炉裏端

竹馬が鶏けちらすや二歩三歩

交叉点音だけ急ぐ消防車

こびと河馬

振袖もマスク姿の松の内

正月の黒豆みたいこびと河馬

七草粥インスタントはないのと孫

ＡＩの手紙の返事ＡＩで来

実君？同窓会の泣き笑い

オイたまよ輪廻転生知っとるか

閼伽《あか》桶に身体くねらせ蚊の生まれ

らっきょうの身の透きとおるごと湯浴み

肩で息ゴキブリ退治した後は

桜鯛

祖母曰く出汁が出ないの鮟鱇《あんこう》は

牡蛎食えば遠くの汽笛聞く夜かな

エサやりを忘れていたに寒卵

あはあはと焼餅延びる初汁粉

今生に幾度の春の朝餉かな

はまぐりの舌出す鍋に酒まだか

研ぎたてて柳刃ひくや桜鯛

竹藪の小店の旬の筍煮

雪平に筍煮ゆるリズムかな

竹の皮つぶれて平らにぎり飯

面白くこびんに痛きかき氷

猛暑日やまず味噌汁を濃く作る

枝豆の塩加減みる風呂上がり

尻搔いてさていただくか秋茄子

新米やむらさき淡きＴＫＧ

秋刀魚焼く一尾いくらと塩加減

昼餉時狐狸《こり》に迷いてうどんそば

木枯に即席麵は鍋のまま

鯛焼の頭《カシラ》を右に置くもよし

鱈買《コ》うて豆腐一丁酒二合

なまこ

なまこにも負けず動かぬ年迎え

初夢に出《イデ》よと祈る富士の山

はよう寝よいい夢みよとさとしつつ

連凧は空の奥まで続きおり

筋肉が鋼と化すや寒げいこ

明け染める富士電線の初鴉

 なまこ

雪吊りが脚立と並ぶ水戸の空

駅前の車のろのろ牡丹雪

雪融けてあらわになりし焚火跡

春の雪瓦に降ってすぐに濡れ

耕運機夕日鋤込む春の畑

春の雨しめり足りない並木道

春眠や空気の球の抜けたあと

行く春に芳名帖の束を捨つ

振りむけばうしろの桜咲きにけり

旅立ちは五目並べに散る桜

往く春や更の日記は更のまま

菜種咲く不滅の灯ともすため

私が虫でも旨そうなキャベツ

菅の笠茜襷の茶摘かな

梅雨の間の青空写す水溜り

子らの声絶えて久しき里《くに》の夏

噴水のあるようでなしリズム感

天地《あめつち》をしばらく濡らす線状雨

 なまこ

音止みて次の光や遠花火

鋏持ち葉陰たしかむ茄子の形

いざ行かん蚊遣を腰に藪のなか

うみほたる手で掬いなば闇に散る

ザリッザリと軆引く音や茶屋の午後

秋祭り裸電球セルの面

石蹴りの子に道聞くやおみなえし

曼珠沙華無縁仏を守《も》るように

一人見る満月惜しや一人寝る

首塚に無数に飛ぶや赤とんぼ

赤とんぼ共に浮見る竿の先

せせらぎに和して唄うや芋車

秋日傘上がって下りて歩道橋

アッホーと秋の鴉やフォーパット

心もち猫背になるや冬隣

木もれ日の落葉踏む音山ひとり

木枯にバランスとるや鳶《トンビ》の尾

いつか来た枯野に白き馬の夢

焚火する種火の新聞紙の匂う

浮き寝鳥水一枚の褥かな

碁敵

初詣有馬のかたき金盃で

ジョギングや音で気がつく薄氷

お相撲がそぞろ花見の隅田川

浜遠くいま引潮の鱚《きす》を釣る

蚊を打ちて駒飛び散らす負将棋

碁敵が座敷に戻る夕立かな

桜

ポチ様とポチの主治医の年賀状

幼な娘《こ》の書初めあやうしたすき掛け

風邪の子の待合室のアンパンマン

子の声の投げ打つ闇の鬼は外

春めいて泥んこ足の座敷犬

嫁入りの姉の笑顔や庭椿

娘からバレンタインのチョコレート

自動ドア一年生のこぼれ出て

あたたかきにぎりしめたる子の土筆

お引越どこにいったのおもちゃ箱

妻の手術を待つ　桜が見える

初登校母に言葉を待たれたり

我が家来て鶏小屋みたいと母の言い

紙風船兄につぶされ春の雨

若き日の日傘の会釈だった妻

一本のバラで始まる所帯かな

杖置いて夫婦で自撮瀬戸の春

妻は留守熱湯五分の梅雨餉かな

フィアンセに横顔のまま父の梅雨

妻と夜具引き合う避難所線状雨

焼酎が見る間に減りし嫁姑

妻おらず腹のへりたり梅雨の午後

妻手術心も縫合す

STOP効かぬ退院の妻の家事

腎虚

糸状の痛さの冬の虫歯かな

病室の食後の寝息梅一枝

刑場へ曳かるる心地春の病

髭剃るや虫垂炎の春日の屁

意に沿わぬ暖かきもの棲む前立腺

三月の脈もつまずく心電図

保険証に春献体の署名なす

朝に抜く導尿管長きこと一尺

透析する俳友の気持ちを詠んで

薫風を来て透析の部屋に入る

牡丹餅喰わぬとぞ思う血糖値

貧に病んで汗じみ黄なり仮仏

病室の蛍のごとき計器の灯

耳鳴りとアンサンブルや蟬の声

いらいらと虫歯に障る蟬時雨

血圧計測るうらみや生ビール

左膝痛し右手で西瓜持つ

歯科治療鵙の高音に似たりけり

秋の日に腎虚となりて秋の暮

II

ゆるきグー

大欅かかりしままの奴凧

胃カメラや棒のむ心地去年今年

牡丹雪昨日の畝の縞もよう

春めくや寝起きの亀の甲羅干し

止めた日の床暖房の余寒かな

春めいて笑顔のワンコの散歩道

　ゆるきグー

石神井へ亀の鳴き音を聞きに来よ

春の日にコーヒー淹れて猫自慢

走り去る列車の別れ春疾風

つばくろの虫とる現場十二階

靴ひもがほどけて気付く和タンポポ

火渡りの煙に遠き山桜

根津を出て花を訪ねて谷中まで

桜咲いて長い手紙を書き始む

靖国の鳥居見やりつ花の雲

石垣に水漬く柳や寄る水輪

遠菜花岬めぐりのバスの行く

オッカーとおさな鴉は朝に鳴く

短夜や舫《もや》うヨットの話声

蠅たたきその新聞の記事を読む

雨に明け雨に暮るるや杜若

かきつばた小雨に水漬く四つ手網

峯風がページをめくる曝書《ばくしょ》かな

日が落ちてしめり返さる曝書かな

　ゆるきグー

背のうちの届かぬところを刺す蚊かな

海に尻むけ石段の草むしり

ブラインド西日の窓の虎もよう

雲の峰寝入る赤子のゆるきグー

シャツ干せばうなじに触る雲の峰

墨まみれ烏賊釣り船の昼下り

廃業のパン屋の縞の日除け古る

両切りのひかりふかしてカンカン帽

堤破《つつみあれ》水漬くや畔のきりぎりす

秋の暮無言劇めく床屋かな

名月や池に潜んで外来魚

キュッキュッとコルクに紅き香りかな

いざ剝かんまず白桃をなでまわし

鰯雲鳥泳がせる高さかな

曼珠沙華塚も動くや活断層

ヨロヨロと飛び立つ秋蚊赤い腹

掃き集め芋を焼こうか庭紅葉

冬近し混合栓を赤に寄せ

91　ゆるきグー

右は伊勢辻の地蔵の初時雨

活発に手足冷たく昔の子

遠き火に四五台急ぐ消防車

「少年」の新年号待つ日々の頃

カチカチと湯豆腐の底コンロの火

硯海の薄氷に磨る朝の墨

汁鍋

春の句会妙齢にして相容れず

風流の情に過ぎたり乾蛙

屑籠に反古ねらい投ぐ梅雨作句

屑籠に拾いに立つや梅雨作句

診療を待つ間も月の季の話

草の花より汁鍋の一茶かな

寝待月寝るかひねるか俳句など

芭蕉忌に時雨煮喰うも粋のうち

ご機嫌の句会帰りやおでん酒

妻《つま》籠《ごめ》

唐崎の松や寒月影を研ぐ

スケッチの絵具の水を氷柱から

旅かばんおととしの空入れたまま

春永の旅の計画いろはにほ

山笑う空を探しに小海線

国分寺で和たんぽぽを見つけたり

春惜しむ吉備は日暮れて鯛茶漬

空と海青踏む丘や妻木晩田《むきばんだ》

京の春千体仏より多い人

鰺焼くや旅の港の漁師飯

夏の旅歯軋り寝言会話して

鐘鳴って奈良の西日を大きくす

サングラス外したずねる田舎道

下駄の歯がリズム研ぎ出す阿波踊り

硬券にM字のパンチ秋の旅

妻籠《つまごめ》の秋の泉の水みくじ

ほんまやろピィと鳴きます奈良の鹿

比良の霧眼《まなこ》にやさし不滅の灯

千年の仁王の結界南大門

西塔に堂守一人霧の底

まんじゅうの湯気に温泉《いでゆ》のみぞれかな

竹林を出るや嵯峨野の木守柿《きもりがき》

唐崎の松三代や鳰の湖

ゴッホ

麦の秋熟れて乾きてゴッホの黄

パレットの絵具も黴る長籠り

耳切ってひまわりの黄に血のしぶき

氷柱から水借りて磨る朝の墨

熟柿

蚊《カ》の女《ジョ》（彼女）らも必死なりけり藪の秋

塗箸に皿逃げまわる小芋かな

口あくも里芋逃がす塗の箸

とうきびや歯の裏やけど耐えて喰う

雌鷹もマニキュアするか唐がらし

二十七夜負け麻雀の三日の月

熟柿踏むしばし佇み靴を見ず

ボンネット落ちて鎮座の熟柿かな

CMにポテチを探す冬籠

酢なる菜

空畑の雪のむら消え清瀬村

早梅の一輪今日を豊かにす

白煙に二三人添ふ遠野焼

つばめ飛ぶたんぼのなかの無人駅

杖《つえ》櫂《かい》に渡る歩道や彼岸まで

たんぽぽに我が子と影を同じうす

鳴く亀を投げうつ池の水輪かな

春雨の引越荷物猫の籠

折取りて重くも軽くも桜かな

つくばいに十四五片の花いかだ

花鳥《からす》宴会あとのごみ芥

水の輪に浮き上下する柳影

蔦流る仁衛門島に菜花の黄

切った髪上目づかいに君五月

初ものの唐もろこしやレンジでチン

二の腕の白さあわれや更衣

草ふるえ雷　梅雨の明けを告げ

梅雨の子や小傘長靴お気に入り

五月雨の白く文なす池の面

梅雨の日の蓑笠架けし五寸釘

ひとふるえしずくころがる蓮緑

桃色の炭火香ばし鰻かな

交叉点下着のなりに汗に濡れ

いざ征かん駅まで続く汗の道

花火尽く暗闇にパッと電気

梅干や鼻に集める目口眉

雨催《あめもよい》蟻わらわらと巣の守り

井の中のつるべを浮かす夏の雲

小滝干《ひ》り乾くにまかす鹿おどし

亀田螺蚯蚓蓑虫蟬時雨

かなかなは池の面をさざ波す

曼珠沙華廃屋捨墓畑田圃

鯊《はぜ》釣に飽いてひと寝のベンチかな

古池や破蓮捨傘雨の音

秋風の心に人の立ちにけり

南蛮漬女房の酢なる飯の菜

紅葉へと石段険し知恩院

山帰り都会の顔に戻りけり

椋鳥や一族郎党会議中

録画には爺《ジッ》ちゃんもいる七五三

木枯や吸いて赤らむ煙草の火

クリスマスサンタを探す望遠鏡

チュクチュクとたこ焼き型の寒雀

雪あがり桧皮《ひわだ》の屋根に湯気の立ち

坊さんもプレゼント買うクリスマス

きびだんご

いざ征かん法師は汁の具になりて
翁待つかぐやは蚊帳を欲しげなり
いざいかん主従の契りきびだんご

きびだんご次の家来は猪か

秋刀魚焼いて余に饗せよや狩の昼

鯉《こい》心

細雪蛇《じゃ》の目《め》を出ずる別れかな

口紅が多弁にしゃべる皮コート

春の宵父のない子の母と飲む

子を乗せてペダルに強し春の母

恋の告白無口な亀に聞かれたり

初夏の恋豆腐の君に断念す

特急の席で落ち合う初夏の旅

ジューンブライド案内状はラインで来

まな板にのる覚悟して鯉《こい》心

どっと乗る野球部員の汗いきれ

初恋の彼女の孫の浴衣がけ

失恋の日のサイダーのゲップ

月読みの光にきませ山越えて

一泊の旅行の今朝に残る霧

松の根にしぐれているか山頭火

朝霜踏む昨日の気持釘づけて

友の葬雪の臨時の同窓会

一茶忌や添乳《そえぢ》さる子のまつげ濃く

気がつけば行年同じ冬線香

バイエル

ふるさとの一両きりの春電車

バイエルの街角ピアノ春の風

五月雨や大河に怖し家二軒

故郷のシャッター通りのかき氷

銀座から赤い月追い赤坂へ

大志抱き葦の髄から天の川

出家した尼は我子に乳をやり

寝酒すも浮世のうさは胃に硬し

水栓を締めて年越すホームレス

初日の出

核戦争今年は無事に初日の出

戦争でご尊父を亡くした友の話を聞いて

横須賀に片道乗りし考《チチ》の夏

向日葵に戦車の轍ベビー服

爆音の逝きて知覧の天の川

人類の最後の宿題開戦す

Ⅲ

草団子

雪の戸を開けて陽の入るくりやかな

つくばいの雪をどかして朝の用

爪立てて梅の木のぼるたまの恋

恋などはどこ吹く風の春の猫

キシキシと空漕ぐ帰雁隅田川

春泥や足袋の白さのまわり道

語を落し拾ったり行く日永道

眠り浅く残夢春暁の褥かな

飯田橋電車も花を散らしけり

低く飛ぶつばめ返しや雨催

雨上がり帝釈天の草団子

目に若葉まぶたに透けてまだ緑

葉桜や一浪の年初まる日

幼孫《おさなご》にジジと飛び去る油蟬

学びする煙うごかぬ蚊遣りかな

勉強や蚊も巣に眠る夜明け前

暗闇に何かもの言う浜夜釣り

空蟬は歩まんとする意志残し

海の家下手な看板貸し浮き輪

ベナレスの未明の流灯人の声

彼岸花五十回忌に孫も老い

犬ホテル犬名月に吠えて泣く

月の尻つついてスカイツリーかな

かまきりは鎌ふり上げて首かしげ

月光が降る函館の坂と海

十五夜をての字にゆらす池の鯉

古池や自転車捨つる水の音

去年《こぞ》の秋マンション建ちて富士見えず

橋の上鶴渡る見て煙草欲し

後頭部自分は知らぬ霜の落

軒古りて寒太郎待つ懸大根

ポケット手してつまづきぬ紅葉道

しゃっくりを忘る夕の大くしゃみ

髪切れば首筋侘し雪催

除夜の鐘同期しながら救急車

掃除機

水あそび茶の間に聞こゆ子らの声

散歩あとそれぞれ昼寝犬と妻

末の娘《こ》は金魚の柄の初浴衣

化粧して出掛けの妻や昼寝覚

野宿りに地ひびき立てて落雷す

キャンプ村テントの我家子の寝息

四つ切の西瓜をさげて父帰る

山の宿子ら寝しずまる盆の月

かたぐるま子供が高し秋祭

孫の名の相談もなく秋の暮

あっとんぼスマホの姉はあと無言

コンタクト外して飛んで昼の月

秋の声母に負われた時聞きし

団欒や階下の宅の秋刀魚焼け

牛のごと夫《つま》の寝息の良夜かな

プラレールおもちゃ箱から銀河まで

テレビ見る掃除機嫌いの夫かな

米作り今年最後と故郷《さと》の母

孫曰く私秋刀魚は食べれない

木枯に影絵の急ぐ風呂帰り

気が付けば二つ寄り添う冬至柚子

師走とや犬も前後に気を配り

こたつ犬散歩の前のひとふるえ

サンタさん何処から入るマンションは

ダメ　指引く暮のつまみ食い

隅の火

幽霊とやまま待っとくれ今更に

幽霊だ井戸の小庭の隅の火は

ケンケン

爺動き針にきらめく春の鮒

柳影老の釣針魚光る

柿植えて老先測る井戸の脇

緑陰に爺々三人の猥談

夕立や傘さす老の釣姿

枯墓に誰梳《くしけず》る髪の落

ケンケンで片足入れるズボン下

さざなみ

暮のうち磨いた窓の拭き残り

開くたび門松ゆれる自動ドア

行く雁がいま飛び立つや隅田川

水草生ふもつごの逃げし泥煙

落ちぬかと蝶は川面を渡り来ぬ

人間も啓蟄を待つ虫に似て

春泥に危ふし足袋の白さかな

肥後の守芯の香とがる日永かな

集まりて何を探るか春の鴨

三分咲き三分の人出上野山

ひと雨とまごう柳下のアメンボウ

ドロドロとぞめく遠雷下山道

でで虫の足跡似たり禅書かな

六月の花嫁眩し糸切り歯

梅雨明けてジャングルジムの忘れ傘

上の箱霧に隠れて観覧車

夕立は路地飛び越えてバス道へ

雨宿り猫背うれしき煤仏

つくばいにさざなみたてる蟬しぐれ

ふりむけば煙のうごく蚊遣りかな

蟻んこはもっと上手に地下歩く

竹林に蜘蛛の糸降る天気雨

片陰《かたかげ》や昔廓の青タイル

旋盤の音や西日のトタン屋根

夕立去る蟬鳴くまでのひと静か

身のまわり捨てて一服軽き秋

猫抱いて紅茶に映る赤とんぼ

けとばせば銀河に届くうみほたる

泣いた女郎の涙に咲くや曼珠沙華

つばめ去る高さを増した今日の空

避難所の自宅気になる夜食かな

地下足袋が電線越える松手入れ

初氷平らかに空映しけり

入間基地立てば半球冬の星

水流せばお尻に寒し便座かな

ハニカムに5センチ豊か霜柱

起きぬけのまつげにまぶし冬朝日

手のとどきそうな離島の冬の星

波止《はと》の灯に転がる鮫の白目かな

年の暮さて野ざらしを聞く夜かな

8の字

話相手はレンジ風呂釜冷蔵庫

一人居やつゆこぼさぬように桃を喰う

8の字に脱いだズボンのままの秋

ひぐらし

返信で父亡くなると年賀状

両切を愛した友やほととぎす

友送りて喪服のままにかき氷

帰省子が施主つとめるや夫の忌

ひぐらしや計器止まりて母逝けり

父の忌にレモンの柄の秋日傘

秋耕の考《チチ》の姿や荒田風

黙示

黙示してコロナつかわす神の意図

南無薬師医療崩壊蟻地獄

マスクしてビキニ姿の海辺かな

一陽来復

夜にまだ間のある雪の大手町
雪の日は冥土にメールしてみたや
ちんぼうを飛び出て春のいばりかな

春の蝶羽が息する竿の先

水の輪を四角に畳む春プール

ぶらんこを裏まで見せて親を超え

捨畑の菜花に咲くや土手の脇

この時期は開花予報を毎日見

初夏昼餉東京タワー眼下に見

梅雨湿りうぐいす張りの我家かな

早乙女が鏡見せ合う田植かな

青々と竹伐りたての鹿おどし

肩で息流鏑馬《やぶさめ》の矢を射《い》り終わる

点に飛び宙に隠るる蚊影かな

背中割り鳴く山寺の蟬時雨

五月蠅《うるさ》いと思うも暑し蟬しぐれ

廃校の子らの幻炎天下

筆嚙んで書く詫状もスマホ夏

二の腕に夏たちのぼる交差点

エスカレーター残暑の街にせり上がり

稲妻が弦撃つロック武道館

ひぐらしに埋もれて父母の墓のあり

すすき活けて野にあるごとく夕日せり

朝読んだ新聞読むや秋の暮

灯《ヒ》を高く吊ればたもとは月に触れ

停年も賞与も昔秋の暮

名月やスカイツリーにしばしあり

ベランダの三歩に尽きてゴーヤ棚

四国路や同行一人赤とんぼ

烏瓜男嫌いの花に似ず

水涸れて蛇籠水漬く柳瀬川

霧笛聞く不味き煙草を踏み消して

富士はるか一本だけの懸大根

女子高生寒さに赤きひざ頭

白菜の漬物石は墓の欠片

冬夕焼東京タワーもいま灯り

短日や芥の燃える一斗缶

一陽来復逆さに中華街

玉音

世界病むテレビを見つつ蜜柑剝く

どのむくろから落ちたのか桜貝

世界病む黄砂まぶして富士山《ふじ》の嶺

ワンコのウンコを踏んだ日のゆううつ

母曰く男がするの戦争は

銃撃戦友であるべき兵士達

炎天の逃げ水に来る黒き影

黒海にひびき破船の核兵器

出征の父はモノクロ古写真

大西日大平原の破戦車

玉音は母のおなかのなかで聞き

株の秋戦争前の乱高下

ムービーに笑う人あり震災忌

煤仏

法

法華経うぐいす鳴くや本門寺

春半眼来世ご覧の煤仏

聖母子像足下に枯れる百合の花

ベナレスの西日に集う死者生者

朝《アシタ》にはまはり燈籠内あらは

空や海高野へのぼる秋遍路

案山子《かがし》

死ぬ蝶は羽ばたき止めて波に揺れ

水漬かりし春白い歯の古写真

言いかけて黙る案山子の涙かな

案山子焚く煙は高く黄泉の空

友は今朝好きな煙草に魅され死す

握る手の力体温失せて逝き

行く秋の今朝病友のスマホ絶え

秋深し恋する妣《ハハ》の古日記

辞世あり点滴外す露時雨

菊の香や母のスマホを解約す

身にしむや妣未使用の紙おむつ

閉じた目の今際《いまわ》の涙干《ひ》る前に母の面影胸に刻まむ

Ⅳ

待合せ

春には妻と三途の川で待合せ

眼を閉じてなにも見えずと昴逝く

戒名で我名呼ばるるかあさっては

句集　案山子　畢

あとがき

突然、漢方医に腎虚と宣告されました。この年になって人の秋を知る。「昨年出来たことが今年は出来ない」、「おそらく、今年出来たことが来年出来ない」を実感しました。

「絵は人生を映すもの」という、私の絵描きとしての立ち位置の通り「俳句は人生を映すもの」という立ち位置で、この句集『案山子《かがし》』を作りたいと思い立ちました。

最近、コールサック社の句会に参加しています。この句会は無季、季重、自由律…。一切の制約がないようです（もっとも、大半の方の句は有季定型を守っていますが…）。

この句会に参加することで、教条的、教科書的にではなく、俳句の制約、ルール、習慣を基本に戻って再確認、実感、体感しています。

これは道半ばで、本句集には無季、季重、三段切、観音開き、自由律、乱調、中八、文語口語の混在、新旧仮名の混在、果ては短歌まで含まれています。

小タイトルを扉風にしたのも私のこだわりですが、読みづらい点はご容赦お願いいたします。

お陰様で、作者、在世のうちに句集『案山子』が完成しそうです。

まずは、私の俳句の世界を拓いていただいた、「花林花」の高澤晶子先生、「爽樹」の半田卓郎先生、紫紺句会の細見逍子先生、コールサック句会の鈴木光影運営人（以上、入会順）には、心から御礼申し上げます。

更に各句会の楽しいメンバーの方々には重ねて御礼申し上げます。

編集にあたっては、コールサック社の鈴木比佐雄代表、鈴木光影氏、全く未経験者の杉山のために立派な句集を作っていただきありがとうございました。

生前、杉山は核戦争、第三次世界大戦を恐れ、怯えておりました。

本書を手に取っていただいた皆様には、拙句をご鑑賞いただければ幸いです。

二〇二四年十一月

杉山一陽

著者略歴

杉山一陽（すぎやま　いちよう）

本名・杉山陽一

1946年　東京新橋生まれ。

1997年　透明水彩画を始める（以降、個展22回）。

2019年　「花林花」入会。俳句を始める。

2020年　「爽樹俳句会」入会。

2023年　「紫紺句会」入会。

2024年　「コールサック句会」入会。

［現住所］

〒204-0021　東京都清瀬市元町2-1-3-1003

Mail：yoowhich@e05.itscom.net

石炭袋

句集　案山子《かがし》

2025年1月23日初版発行
著　者　杉山一陽
編　集　鈴木比佐雄　鈴木光影
発行者　鈴木比佐雄
発行所　株式会社 コールサック社
〒173-0004　東京都板橋区板橋 2-63-4-209
電話 03-5944-3258　FAX 03-5944-3238
suzuki@coal-sack.com　http://www.coal-sack.com
郵便振替　00180-4-741802
印刷管理　（株）コールサック社　制作部

装画　杉山陽一／題字　杉山とし子／装幀　松本菜央

ISBN978-4-86435-638-1　C0092　¥1800E